NO AR
MVFOL

NOTED
MVA 10/18

I See the Sun in Mexico

Veo el Sol en México

Written by Dedie King
Illustrations by Judith Inglese

Escrito por Dedie King
Ilustraciones de Judith Inglese

For the children of Mexico
Para los niños de México

Translation by Julio Ortiz Manzo

ISBN: 978-1-9358742-6-3
LCCN: 2013954009

Printed in China

For information about ordering this publication for your school, library, or organization, please contact us.

Traducción de Julio Ortiz Manzo

Impreso en China

Para información sobre cómo obtener esta publicación para su escuela, biblioteca, o su organización, por favor póngase en contacto con nosotros.

Satya House Publications
P. O. Box 122
Hardwick, Massachusetts 01037
(413) 477-8743
orders@satyahouse.com

www.satyahouse.com
www.iseethesunbooks.com

SATYA HOUSE PUBLICATIONS
Hardwick, Massachusetts

Acknowledgements

Thank you to Nora White for her input and support, and for her generosity in sharing her knowledge of life in La Paz. Thank you to Baja Expeditions for their magical excursions and for the environmental work they do. Thank you also to Tim Means, their founder.

Agradecimientos

Queremos agradecer a Nora White por sus consejos, apoyo y generosidad al compartir sus conocimientos de la vida paceña. También a Baja Expeditions por sus excursiones mágicas y el trabajo que realizan a favor del medio ambiente. Gracias también a Tim Means, su fundador.

Cuando despierto, ya la recamara está caliente por el sol de la mañana. Bebo un poco de agua para mitigar mi garganta seca. En cuanto me asomo por la ventana y veo a lo lejos el océano, todo mi cuerpo se llena de emoción. Hoy es el día que iré en el barco con papá y los excursionistas.

My room is already hot from the morning sun when I wake up. I drink some water to soothe my dry throat. As I look out my window to the ocean beyond, my whole body smiles with excitement. Today is the day that I will go with Papa on the excursion boat.

Alcanzo a ver a mamá a través de la ventana mientras me baño y me visto. Viene regresando de la misa de ocho.

—Luis, despierta a tus hermanos para que desayunen — me dice.

I see Mama through the window as I wash up and dress. She is returning from her morning church service.

"Luis, wake your brothers and sister for breakfast," she calls up to me.

Mamá prepara el desayuno de huevo con tortilla. Es especial y es mi comida favorita. Mientras comemos, sigue haciendo tortillas para las lleve a los turistas de la excursión. Papá es el cocinero del barco y es muy famoso por sus deliciosos guisos. Yo creo que en realidad, son las tortillas de mamá lo que hace que la comida sepa tan rica. Son las mejores de La Paz.

Mama makes her special egg and tortilla breakfast for us. This is my favorite meal. While we eat, Mama continues to make tortillas for me to bring onto the boat for the tourists. Papa is the cook on the excursion boat and he is known for his delicious meals. But I think it is really Mama's tortillas that make the food tasty. Mama's tortillas are the best in La Paz.

Salgo de la casa con la mochila llena de las suaves y calientitas tortillas de mamá. Me ha confiado el dinero para comprar las verduras que papá usará para cocinar en el barco. Mantengo mi mano protectora en el bolsillo que se abulta con pesos.

I leave the house with my backpack filled with Mama's warm soft tortillas. She has trusted me with money to buy the vegetables for Papa to cook on the boat. I keep my hand protectively in my pocket that is bulging with pesos.

11

*En la esquina tomo el pesero
que va al mercado. Me
aprieto entre pasajeros y me
agarro bien para soportar los
brincos del viaje. Noto que
el conductor se desvía y va a
dar al malecón. No me enojo,
mejor disfruto del paseo. El
sol de media mañana destella sobre las ondulaciones del
mar a nuestro costado; del otro lado, mucha gente pasea
sobre la sombreada banqueta. Incluso veo a algunos de
mis amigos con sus papás. Saco la mano para saludarlos.
—¡Hola! —les grito.*

At the corner I catch a *pesero* that will take me to the
market. I squeeze between two passengers and hold
on for the bumpy ride. I notice the driver detours and
ends up on the pier street. It doesn't bother me; I
enjoy the ride. The mid-morning sun sparkles on the
rippled ocean on one side of the road. Many people
stroll down the shaded sidewalk on the other side. I
see some of my friends out with their parents. I wave
and call "Hola!"

El mercado está lleno de gente hablando, riendo y llenando con verduras sus bolsas. Como mi mamá me enseñó, le doy una palmada al melón más grande que encuentro y luego huelo el extremo del tallo para ver si está maduro. Trato de escoger los mejores melones, naranjas, jitomates y lustrosos chiles verdes para completar la lista que me dio papá.

Ya con mis bolsas de mandado, otro pesero me acerca al muelle.

The market is crowded with people talking, laughing, and filling bags with vegetables. I tap the biggest melon and sniff the stem end, like Mama taught me, to see if it is ripe enough. I try to choose the very best orange melons, red tomatoes, and shiny green peppers that match Papa's list for the boat.

Another pesero takes me with my groceries to the docks.

15

Pablo, uno de los ayudantes de papá, baja el mandado y lo guarda en el barco.

—¡Buen trabajo, Luis!—dice papá y me da un abrazo.

Sonrío muy contento y me siento como todo un hombre.

Una vez que los turistas están a bordo, soltamos las cuerdas y navegamos en el Mar de Cortés.

Pablo, one of Papa's assistants, unloads the food and stores it on the boat.

"Good job, Luis!" says Papa, as he gives me a hug.

I smile with pleasure and feel very grown-up.

When the tourists are all on board we cast off the ropes and sail into the Sea of Cortez.

Cuando el sol está alto y candente, papá hace el almuerzo para todos. Ayudo a servir tortillas, arroz y frijoles; tomates y chiles en rebanadas; ensalada también. Siempre dejamos el melón y las naranjas para el postre.

When the sun is high and hot, Papa makes lunch for everyone. I help to serve the tortillas, rice and beans, sliced tomatoes and peppers, and salad. We always have melon and oranges for dessert.

Por la tarde llegamos a la isla de los lobos marinos y el capitán dice a Pablo que eche el ancla. Papá y Pablo ayudan a los turistas con sus visores y esnórqueles. Papá dice que yo también puedo ir a nadar.

By early afternoon we reach the ledge with the sea lions and the captain tells Pablo to drop the anchor. Papa and Pablo help the tourists with their masks and snorkels. Papa says that I can swim, too.

El agua está fresca y con un claro tono azul. Cuando miro abajo, entro en un mundo mágico de peces con rayas y círculos de colores vivos. Hay peces gordos, peces flacos, peces redondos y peces planos. Algunos nadan de uno en uno y otros en cardúmenes de cientos.

The water is cool and clear blue. When I look down I enter a magical world of fish with stripes, circles, and vivid colors. There are fat fish, skinny fish, round fish and flat fish. Some swim one by one, and others swim in schools of hundreds.

Saco la cabeza del agua para ver el saliente rocoso. Veo lobos marinos deslizándose hacia el mar. El agua chapotea contra mi visor y estoy entre dos mundos: uno de roca y cielo, otro de agua y peces.

I lift my head above the water to look at the rocky ledge. I see sea lions sliding into the water. Water sloshes against my mask and I am between two worlds — one of rock and sky, one of water and fish.

Respiro profundo para tomar aliento y me sumerjo tan profundo como puedo, haciendo un ballet acuático en espiral con un lobo marino joven.

I take a deep breath and dive down as deep as I can, doing a spiral water ballet with a young sea lion.

Later in the afternoon we anchor again, next to one of the islands. We go ashore for a hike. The trail is sandy and its heat prickles my feet through my thin sandals. The tourists exclaim over the bright pink and red cactus flowers and the ancient Indian rock markings.

Por la tarde, anclamos nuevamente junto a una de las islas. Desembarcamos para una caminata. La brecha es de arena caliente que pica mis pies a través de las delgadas sandalias. Los turistas elogian las flores de cactus por sus brillantes tonos rojos y rosas. En varias rocas, admiran las marcas de los antiguos californios.

Grito porque casi piso a una víbora.

Luego, encuentro una cachora que muestro a los turistas mientras miran hacia la playa ya muy debajo de nosotros.

I yelp as I nearly step on a snake.

Then I find a gecko to show the tourists as they gaze down on the beach far below us.

Mientras atardece, papá prepara unas deliciosas enchiladas. Después de cenarlas, todos nos sentamos en la parte de atrás del barco. Pablo saca su guitarra y canta varias canciones.

As the sun goes down Papa makes another delicious meal with enchiladas. After supper we all sit on the back of the boat. Pablo brings out his guitar and sings a few songs.

Los turistas se acomodan en sus cabinas para dormir y papá y yo tendemos nuestra cama en la proa del barco. Miramos abajo y vemos miles de pequeños peces que nadan alrededor.

The tourists settle into their cabins for the evening and Papa and I lay out our bedding on the bow of the boat. We look down and see thousands of tiny fish swimming around the boat.

Arriba, las estrellas brillan como pequeños espejos reflejando el destello plateado de los peces. La belleza a mi alrededor serena mi interior y me hace sentir muy tranquilo. El barco es como nuestra propia isla flotando entre dos cuencos de mar y cielo, uno reluciente de vida y el otro palpitando de luz.

I look up and see all the stars shining like tiny mirrors reflecting the silver flash of the fish. The beauty all around me makes me feel quiet and still inside. The boat is like our own island floating between the two bowls of ocean and sky, one shimmering with life and the other with light.

Mexico is a beautiful country on the southern border of the United States. It is about one-fifth the size of the U.S. and has almost three sides surrounded by the waters of the Pacific Ocean, the Carribbean and the Gulf of Mexico. Mexico is a country full of contrasts—poverty and wealth, mountains and lowlands, high arid land and lush tropics. There is big city pollution and pristine preserved areas, and there are miles of splendid beaches.

Mexico's varied landscapes and culture attract many tourists. Because of the proximity to the U.S., most of the tourists are from North America and the majority of U.S. citizens living abroad live in Mexico. Mexicans are also the largest group of immigrants in the U.S.

People visit Mexico to see the village life and the beautiful textiles, weaving and other crafts being produced there. Others visit the big cities such as Mexico City and Guadalajara for the museums and nightlife. And some visit to see the ancient ruins and to study Mexico's rich history. This history includes the ancient cultures of the Aztec and Maya, as well as the Olmec, the Toltec, and the Teotchuacan and Zapotec. Many indigenous people still live in Mexico today.

Spain conquered Mexico in the early 1500's and their influence has been incorporated into Mexican culture. Spanish became the dominant language and Mexico is now the most populous Spanish speaking country. Another important influence from Spain was Catholicism. The Mexican people added some of their own ideas so that today the Virgin de Guadelupe, who appeared near Mexico City to a poor Indian man, is one of the most common religious icons. And many saints are depicted as dark-skinned. Almost every town has a church and many Mexicans go to church weekdays as well as Sundays.

This story is set in the city of La Paz, at the southern end of the Baja California peninsula, which is separated from the west coast of Mexico by the Sea of Cortez. Out of the many possible themes about Mexico, we chose to place the story in La Paz because it is not totally dependent on tourism and has a vibrant middle-class Mexican population. As a coastal city, La Paz has a wonderful contrast of ocean with its colorful fish, and the hot, dry land with its exotic flowers and vegetables. Luis feels at home in both.

A short distance from the coast of La Paz, in the Sea of Cortez, lie islands that are now preserved and still hold remnants of ancient Indian cave paintings and other artifacts. One of these islands, El Spiritu Santo, is where the tourists hike in the story. Another, Los Islotes, is home to many sea lions and is where Luis and the tourists snorkel. The ocean here is filled with lush aquatic life—sea lions, migrating whales, dolphins, and many species of colorful fish.

La Paz is an eco-tourism center of Baja and many citizens here work to preserve the pristine environment. One of these people is Tim Means, who runs Baja Expeditions and is the real life owner and operator of the boat in the story, the Don Jose.

México es un país hermoso en la frontera sur de Estados Unidos. Su territorio equivale a más o menos una quinta parte y tiene casi tres lados rodeados por las aguas del Océano Pacífico, el Mar Caribe y el Golfo de México. México es un país lleno de contrastes, pobreza y riqueza, montañas y bajíos, áridas tierras altas y exuberantes trópicos. Hay gran contaminación de grandes ciudades y prístinas áreas conservadas, además de millas de playas espléndidas.

La variedad de paisajes y cultura mexicana atrae mucho al turismo. Gracias a la proximidad con Estados Unidos, una gran cantidad de turistas son norteamericanos. De hecho, de los ciudadanos estadounidenses que viven en el extranjero, la mayoría lo hacen en México. Los mexicanos son también el grupo inmigrante más grande en Estados Unidos.

La gente visita México para apreciar la vida pueblerina y los hermosos textiles, tejidos y otras artesanías que se producen. Otros visitan las grandes ciudades como la Ciudad de México y Guadalajara para disfrutar de museos y vida nocturna. Otros más viajan para ver antiguas ruinas y estudiar la rica historia mexicana que incluye culturas antiguas como la azteca, maya, olmeca, tolteca, teotihuacana y zapoteca. Muchos pueblos indígenas siguen existiendo hasta el día de hoy.

España conquistó México a principios del 1500 y esto significó una gran influencia sobre la cultura mexicana. El español se convirtió en el idioma dominante y México es ahora el país hispanoparlante más poblado del mundo. Otra influencia española importante fue el catolicismo. El pueblo mexicano incorporó ideas propias de manera que hoy, la virgen de Guadalupe, con su aparición al indio Juan Diego, es uno de los íconos religiosos más conocidos; aunado a esto, muchos santos se representan ahora con piel morena. Prácticamente todos los poblados tienen iglesias y muchos mexicanos asisten a misa otros días además de los domingos.

Esta historia tiene lugar en la ciudad de La Paz, en el extremo sur de la península de Baja California a la que el Mar de Cortés separa del resto de México. De los tantos contextos posibles en este país, elegimos situarla en La Paz porque esta ciudad no depende totalmente del turismo y porque cuenta con una vibrante clase media. Como ciudad costera, La Paz goza del hermoso contraste entre el océano con sus peces coloridos y la aridez calurosa de su tierra. Luis se siente en casa en ambos mundos.

A pocos minutos de la costa de La Paz, en el Mar de Cortés, se extiende una serie de islas preservadas donde se pueden encontrar pinturas rupestres y otros artefactos de culturas antiguas. En la isla Espíritu santo es posible pasear por la historia. Los Islotes es hogar de lobos marinos con los que Luis y los turistas practican el buceo con esnórquel. El océano en estas latitudes está lleno de exuberante vida marina: ballenas que vienen en migraciones, delfines, lobos marinos y muchas especies de peces coloridos.

La Paz en un centro ecoturístico de Baja California Sur y muchos ciudadanos luchan ahí para preservar el medio ambiente. Uno de ellos es Tim Means, quien administra Baja Expeditions es, en la vida real, el propietario y operador del barco que aparece en la historia, el Don José.

Glossary * *Glosario*

Pesero: A pesero is a half-size bus used in Mexico. The first pesero charged one peso per ride. These small buses travel many short routes and drop people wherever they want to go.

Pesero: *Un pesero es un autobús mediano común en distintas ciudades y poblados de México. Los primeros peseros solían cobrar un peso por viaje. Estos pequeños autobuses realizan diversas rutas cortas llevando a la gente hasta su destino.*

Peso: The peso is a unit of currency used in Mexico. Peso literally means weight in Spanish. Pesos are now the most common currency in Latin America.

Peso: *El peso el la unidad de moneda usada en México. Este nombre es compartido por muchos países de Latinoamérica.*

Tortilla: A tortilla is a round flat bread that can be made of flour or corn. It means little cake in Spanish and is the basis for many Mexican dishes.

Tortilla: *Una tortilla es una especie de pan redondo y aplanado hecho de maíz o harina. Es base de muchos platillos mexicanos.*

Enchilada: An enchilada is a tortilla wrapped around some filling that could be a combination of meat, cheese, and vegetables with some salsa (spicy sauce).

Enchilada: *Una enchilada es una tortilla envolviendo algún relleno que puede ser una combinación de carne, queso y verduras con algo de salsa picante.*

Hola: A colloquial and very common greeting in Mexico.

Hola: *Un saludo coloquial y muy común en México.*